기둥의 구조

박혜숙 제3시집

기둥의 구조

도서출판 **책마루**

자서

　　내 몸의 내력은 가늘게 떨고 있는 한 점의 물이다 경계의 엷은
껍질에 쌓여 퇴색되어가는 물고기, 암호로 남아있는 물빛은 빈
방을 만들며, 두 눈이 백지로 퇴색되어 가는 고요의 바닥이다 물
을 안으로 끌어들이는 소용돌이 두근두근, 노동과 생각의 화석
이 내 안에서 만져질 때, 높은 온도로 끓다 점이 되어 몸 밖으로
증발된다 겉옷이 남루해질 때까지 천천히 식어가는 몸뚱이

2012년 늦은 가을에

박 혜 숙

제1부

화장하는 남자

시간의 거미줄 · 13

허수아비의 반전 · 14

할머니의 거즈 손수건 · 16

인젝터 · 17

화장하는 남자 · 18

새 · 20

길 위에 서면 · 21

벽 · 22

오피스텔 경매건 · 23

검정고시생의 딸 · 24

전철 안에서 · 25

해장국집 여자 · 26

제2부

귀로 듣는 그림

계단 · 29

귀로 듣는 그림 · 30

시외버스 안에서 · 31

잊혀지는 것은 다 이유가 있다 · 32

나는 고장난 골목에 살고 있다 · 34

어심 · 35

동네 문방구 · 36

녹밭 · 37

도로 보수공사 · 38

하루 8,000원짜리 병동 · 39

도시의 저녁 · 40

물밭의 기억 · 41

제3부

기둥의 구조

파랑새 증후군 · 45

리허설 · 46

박제된 알 · 47

기둥의 구조 · 48

탑승 · 49

임종 · 50

감기 · 52

펭귄 · 53

지물포 최씨 · 54

비늘 건조증 · 56

신림동 고시텔 · 57

하늘과 땅의 간격 · 58

제4부

화문석 짜기

부재중 · 61

베고니아 · 62

석화 · 63

화문석 짜기 · 64

쉼표가 생긴 이래 · 65

하느님은 보험료를 내주지 않는다 · 66

단추를 채우며 · 67

그 남자 증후군 · 68

겨울의 벽 · 69

겨울의 화원 · 70

횟집에서 · 71

정육점에서 · 72

제5부

겨울비의 무늬

겨울비의 무늬 · 75
혼자만의 사랑법 · 76
가시나무, 306호 · 77
수신인불명 · 78
유리병 · 79
카시오페아 · 80
유리 인형 · 81
밖의 바깥 · 82
피그말리온 · 84
뒤집어 본 세상 · 85
사막 · 86
해송, 프른 지붕밑 · 88
□ 해설 | **박영봉**(시인, 목사)
시간과 공간의 경계 지우기 · 89

제1부

화장하는 남자

시간의 거미줄

한 개의 문門으로 과거가 통과할 때가 있다
누군가의 근황을 궁금해하며
줄을 타면서 아무것도 물어보지 못한 채
듬성듬성 바늘 귀 안에 흘러들어
따슨 날을 찾아 불어대는 바람을 뽑는다
굳은살 박힌 발바닥 조용히 들여다보면
체온 속에 감겨드는 시간의 쓸쓸함
간당간당 목숨을 부지하고 살아가는 길은
잠시 쉬지 않는 초침의 흐름 속에
과녁에서 빗나간 줄이 뒤섞여 엉겨 붙는다
제 몸속에서 뽑은 실로 삶의 귀퉁이에
무늬를 수놓을 수 없는 끈적임 뿐
담벼락에 목이 부어오른 저녁이 눕는다
팔나리가 기억하는 온도는 따뜻할까

.

허수아비의 반전

남루한 옷차림으로 허허벌판에 홀로 찬바람을 삼키
는 일은
낙엽이 쌓이기 시작하는 거리에서 보름달을 쳐다보며
바람 속의 견고한 고독 앞에 삶의 곁가지는 낮아지
곤 하지
공사장 밥집 밥그릇에 달라붙은 파리 떼를 쫓는 일
하며
분수대의 물줄기조차 잠가 버린 캄캄한 저녁은 똑같
은 자리
몇 개의 동전에 두 손 녹인 하루의 분량으로 셈하고
있었어
우뚝 서 있지만 성큼성큼 상가의 화려한 불빛에 낚여
실눈 몰래 뜨고 꼼짝도 하지 않는 마네킹에 자기의
옷을 걸어 두는 일은
아무도 모르게 혼자만이 누리는 사치가 아닐까 싶어
가위로 싹둑싹둑 천을 잘라서 덧붙인 계절을 지나가고

붕어빵틀 속에 똑같은 모습으로 찍혀 팔려 나가는
통통한 몸은
아마 두 손을 턱에 고이고 겨울을 생각하고 있을지
도 모르지

할머니의 거즈 손수건

할머니는 기억이 안쪽으로 착색되는 날이 잦아 들자
쥐어짜듯 뒤틀린 몸의 흉터를 더 이상 털어내지 않
았다
한 조각의 보드라운 천 조각에 생채기를 내는 시집
살이
그 생에 다가가는 일은 누구에게나 쉽지 않았다
콩가루를 묻힌 인절미가 누렇게 바래던 시절
20대 젊은 여인의 울음으로 홀로 키워 낸 네 아들을
삭풍으로 막아내고 팔순을 훌쩍 남겨 삶의 마침표를
찍었지만
모진 얼룩이 살아온 생의 안쪽을 누가 짐작이나 할
수 있을까
한 세계에서 멀어지는 시간의 간격은 끈질기다
젖먹이 젖 물리면 간간이 그녀를 밟는 숨 가쁜 호흡
휘어진 등가죽을 닦아내는데 욕조에 떠오른 천 조각
저녁이 짙어지면 말없이 일력을 넘기는 손은 주름투
성이다
침묵 속에 삶의 껍질이 되고 벗게 되는 균열을 닦아
내던
할머니의 거즈 손수건 한 장이 눈앞에서 어른거린다

인젝터

가늘고 기다란 통속으로
가장 센 압력으로 존재하는
그의 몸통은 분사를 위해 뜨거워야만 했다
한꺼풀 벗겨낸 껍질에
타협이 없는 원칙을 열로 달구어
0.00005의 오차도 허락하지 않지만
누군가의 느슨해진 몸에
긴장으로 압축된 힘이 필요할 때
차가운 뼈에 기름을 적신 채
네 개의 눈으로 삐걱거림을 감지하며
캄캄한 동굴 속을 더듬거리다
적당량의 에너지를 쏟아붓는 숯검정이
쉽사리 보이지 않는 얼굴이지만
사신을 지우며 뚫어 놓은 딱딱한 터널을
열로 감지해 동력을 인식하다
수명을 다하는 진정한 하이브리드
음양의 조화를 본 따
기계문명이 만들어낸 걸작이다

*인젝터 : 디젤 자동차 분사장치

화장하는 남자

톡톡, 톡톡
긴장 속에
극복해야 하는 대상이 피부였다는 것을
거울 앞에 앉아 본 나도 몰랐어요
근접할 수 없이 덧난 상처보다
먼저 숨죽여야 하는
섣부른 온도를 팔꿈치로 감지해내는 위험한 일
그 안에 세상으로 나오지 못한 말들이 갇혀 있어요
톡톡, 톡톡
저 바닥까지의 붉은 꽃술의 뜨거움을 알 수 없어
어쩔까요
숨기고 덮을수록 더 또렷해지는 기억이
이음새 없이 풀려 미세한 결마저
흩어져 버리면
살다 보면
숫자로 호명할 수 없는 일도 생기는 군요
톡톡, 톡톡
딱히 얼굴에만 보습이 필요한 건 아니예요
그랬군요
시곗바늘 같은 온기가 느껴져 두 눈을 찔러도

싸늘하지 않게 벗겨지는 허물
야성미 넘치는 다리에 문신을 하고
고쳐지지 않은 남은 생도 튕겨 보아요
톡톡, 톡톡
아무튼 리듬이 필요해요

새

하루 분량의 울음 견디던 날개
퍼득거릴 때마다
자주 휘어지는 나뭇가지는
목뼈를 건드리던 들썩임이 아닐까
빈속을 보이고 싶지 않아
날개를 끌어당겨 가슴에 접으면
나무 밑에 어지럽게 흩어진 어둠
간신히 물던 발목은 맨 발톱이다
허공에 날렸을 무수한 헛발질
몸이 날기 위해 가벼워지려던 것인지
물집 잡힌 멍울이 촘촘히 박힌
깃털을 접으려 공중의 거처를 탐할 무렵
둥지는 성을 쌓는 일 중 하나겠지만
안에서 불어오는 바람은 차갑다
몸이 땅에 닿는 일은 없을꺼란 주문을 외우며
마른 눈을 하늘에 걸어놓는다
다른 계절의 온도를 가늠하면서

길 위에 서면

빗장을 풀자 바람이 길 밖으로 쏟아진다
옷깃 안에 스며드는 의문 부호
브레이크를 밟으면 멈출 수 있을까
철자가 구분되지 않아 애를 먹이는 길은
아직 오지 않은 날을 호명한다
첫 길이 옳았을 것이란 생각을 떨치지 못한다
몇 개의 그늘을 지나야 몸 가벼워 질까
뒤에서 앞으로 밀며 바퀴를 돌리는 거
더듬이 돋우어 발바닥의 부력을 이해하는 일
시린 어깨에서 잠든 기억을 불러내 밟는다
발꿈치를 달금질하는 곳에 잠겨있는 안개는
어느 별에서 떠돌던 꿈인지 아직 모른다

벽

햇빛 속으로 모여드는 입자들
틈과 틈 사이로 내려 앉는다
누구의 몸짓이 삭아 부서진 것일까
나무의 허리를 휘게 누르고서
서걱거릴 공간을 주지 않는 바람은
귀에는 들리지 않는 나부낌
몸 하나 펴 보이지 않고서
땅위에 내려앉는 말들
방향을 잃고 벼랑에 닿아 휘청인다
잠 깨어난 원통형 굵은 등뼈
수근 거리던 몸의 무게를 알까
저울대에 선 몸마다 눈금이 다르다

오피스텔 경매건

물건이 바람을 식힐 수 있을까
뜨겁게 달아 오른 숫자에
왠지 눅눅한 곰팡이 냄새가 풍긴다
붉은 딱지 밑에 밑줄을 그어
의문 부호를 찍으면
차압당한 삶을 다시 세워 놓을 수 있을 지
밤새 할퀴고 지나가는 태풍은
뜻하지 않은 방향으로 불어
단단한 집을 간단히 허물어 뜨린다
쪽방 한 구석에 던져진
잔뜩 먼지를 뒤집어 쓴 문패는
이름을 잃은 지 오래
더 나갈 곳 없는 낮은 자리에 서 보면
바람은 손 안에 가둘 수 없어
좁은 골목에서 자유롭게 놓아 준다

검정고시생의 딸

유전자 감식기의 기계를 흔들면
내 안에서 체온을 잃지 않는 온도계가
강물 거슬러 올라가는 지느러미로 움직였다
비늘이 녹아 흘러 헤엄치면서도
난, 꾹꾹 찌른 가시가 맞닿아도
불빛 아래서 파도타기를 멈출 수 없었다
뻐끔 뻐끔 더듬이로 먹이를 찾는 눈 꿈벅이며
표지 너덜너덜한 당신을 닮아가는 건
입안 가득 바람을 불어 넣는 일이 아닐까
수험표 숫자를 몇해 동안 맞추던
등굽은 습관성 허리에
책가방의 무게를 가늠하는 일은 가능할까
방안 가득 열꽃이 피어나도
나지막이 엎드려 두 손 모을래,
아무것도 허물지 않을래
다 풀어놓지 못한 길의 중심에
먼지 탁탁 털어내던 책갈피에
마른 눈을 가진 당신이 박혀 있다

전철 안에서

눈꺼풀 붙들지 못해 내려지는
저 사내는 어느 왕족의 후손처럼
방언을 외우는지 모른다
머리카락이 제멋대로 헝클어져 있다
눅눅한 기침 털어내며
출발하는 저 경보음,
알의 온기를 기억하는
다시 한 칸의 저녁이 움직인다
꾸벅 꾸벅 참았던 졸음으로
덜컹거리는 지루함이
역마다 문을 닫았다 열면
나 역시 불안한 잠을 청할 때가 많다
차창에 빗물이 녹아
가끔씩 지워지는 저 건물들
텁텁한 둥지를 틀기 위해
사람들 틈에 무너지는 것이 어디 몸 뿐이랴

해장국집 여자

살갗 안의 실핏줄이 팔닥 팔닥
119 구조대의 사이렌 소리에 맞춰 하는
숨고르기는 꽃게 등처럼 붉었다
김이 모락모락한 국물에 취해
얇은 잠 속 아이들을 등에 눕히고
하루도 쉬지 않고 사골뼈를 우려냈다
풀썩 쓰러질 듯 시래기단 곁에
잠을 줄인 눈꺼풀을 풀어내며
시간을 묶어 빨리 돌리고 싶다 했다
그녀의 생의 뼈를 추려내던 사내는
몸 녹이지 못한 그녀의 손등에
마음의 상처보다 큰 자국을 남겼다
주섬주섬 여자의 생을 이야기 하던
해장국집 간판이 꺼져있다
붉다는 것은 가슴 시린 두려움이다

제2부

귀로 듣는 그림

계단

    길을 올라가다 아래를 내려다보면 돌 표면이 줄무늬에 섞여 누군가의 발자국이 돌아가고 있다

    척박한 땅에 다시 돌아와 의자에 앉아 노래를 포개 놓으면 또 한 끼의 밥이 되고 국이 되는 걸까

    토막 난 돌계단에 올라서면 입 없는 물고기들의 헤엄치는 모습, 서로 바라보는 눈빛 흐릿하다

    빗장 풀어 휘파람을 부는 날에도 한 조각 접어 입김을 불어넣는 동글 속, 끝내 말을 걸지 못하고 돌아가는 장식품 무게가 수직이 되는지 수평으로 길을 낸 적이 있던 돌이 모서리를 밟고 올라서서 하늘에 사다리를 놓는다

귀로 듣는 그림

만져진 시간 위에 물소리가 그려진다
모양을 짓지 못한
도저히 안으로 감출 수 없을 때
깊은 물소리는 선 채로
다른 사람을 통해 듣게 한다
물이 흐르고 출렁거리는가 하면
어느때는
안개가 수줍은 듯이 가리는 가 하면
잔잔한 물 위에
하늘을 포개기도 한다
느낌으로 파문을 일으키는 가득한 물이
바로 안 보이는 실체가
어디 그림뿐이겠는가
결코
크지 않은 화폭에 호수며 강이며
저 넓은 바다를 담아 놓는 일
굶주린 바람에게 어떤 찬도 필요없는
국밥 한 그릇 말아주고
잘 비워낸 생애가 천천히 식어가는
아아, 그런 풍경

시외버스 안에서

버스에 올라 좌석에 앉으면
내 발은 먼저 목적지를 밟는다
눈빛으로 만져주던
아직 잠이 덜깬 네온싸인 사이로
몇미터 걸어나가면
아이의 오줌을 급히 뉘여주던
엄마의 손길이 초조해 질때서야
떠날 시간이 다가옴을
디지털 시계는 가리킨다
목적지 없는 지도는 있는걸까
차창 밖은 만화경
집과 들과 산등성이를 뒤로하면
가장 현실 속에서
시간을 새어보던 어린 시절
도화지에 그려 넣던
사막을 달리던 기차에 몸을 싣고
상상 속의 나라로 날아간다
버스는 상점 간판을 읽으며
몸을 날렵하게 움직이면서 길을 낸다

잊혀지는 것은 다 이유가 있다

1

　다른 날개를 펼치기 위해 접어야 하는 날에는 발꿈치 들고 서걱거리던 잊혀진 계절이 있나 보다 누구의 발바닥에 닿지 않던 동화 속 나라, 아삭아삭 앞니로 곱게 씹어내린 이력은 저만치에 있기도 하고 쏘아 올린 허공에 매달리기도 하고, 잊는다는 건 물어뜯는 손톱처럼 이 세상에 없는 과거다

2

　자신의 품에 기억이 말라 스스로 물러나면 모았던 두 손이 두고 온 내 몸의 내력을 읽어 내리는 일이 눅눅한 불빛에 녹아내린다 비로소 발바닥에 닿던 두 눈은 강물 냄새로 창문에 환하게 녹아내려 새벽의 내장을 하얗게 증발시킨다 점점 가늘어지는 긴 혀를 꺼내도 혓바늘이 돋아 말 못하는 동물로 살아가며 휘어진 등

3

　누구에게 물어볼 것인가 타닥타닥 불탄 가슴으로 하늘에 빌려 주었던 지난 시간이 발효하자 다른 생도 때론 실밥을 뜯고 자신이 살아온 만큼 사라져가는 것이 아닐까 시차를 견디며 자기 세계로 돌아가는 길, 터져

야만 자기 안의 빙하가 녹는 날에는 난생 처음 타인의
태도를 통해 잊는 법을 배우고 있는 오늘은 웃음을 참
는 희곡 같다

나는 고장 난 골목에 살고 있다

빗줄기 속에 웅크리고 있는 젊은 사내
아직 앳된 착 달라 붙은 머리카락
귀가길 서두르는 사람들을 쳐다 본다
그가 어떻게 삶을 살았는가 파악하는 데
오래 걸리지 않았다 그냥 갈까?
저기요, 아줌마 어느 여관에서 기다릴까요?
그 말에 힘없이 풀려버린 다리
흙바닥에 주저앉아 지랄 같은 눈물
지나가는 아줌마들이 몇 번 그래서….
뒤돌아 보지 말고 그냥 지나쳐야 했는데
제발 목숨 소중히 여기라는 뜻으로
지폐 몇 장을 안겨준 게 화근이다
꼴 볼견 모습들이 엑스레이 필름에
그대로 찍혀 인화되는 거지같은 세상
눈동자 풀린 소낙비가 골목 안으로 쏟아진다
나는 그날 고장난 골목을 헤매다
콤파스로 각도를 다시 재고
또 다른 원 하나 그려 넣고 싶어 졌다

어심魚心

마지막으로 그 낚시터의 온도를 몸으로 느껴본다 저
수지 안에서 지느러미를 흔들며 부레를 움직이는 느
낌과 동일한 거, 사람들이 밤새 머무를 곳을 찾는다는
건 현실의 거울과 같은 성분이라는 거,

처음 낚시터를 찾을 때는 어망에 나를 가두는 욕심,
내가 지금껏 이해하지 못한 저수지 오염에 걸려 누워
있을 때마다 머리위에 떠 있는 달, 잡히나 안 잡히나
한번은 세상을 떠난다는

바다를 만나면 수많은 알의 형제가 기억나고 파도
색깔이 흩트러지면 각자의 몸이 흔들때마다 커지지만
처음도 끝도 없는 항해를 위해 여기 있는 낚시꾼의 눈
에 나의 수명을 내 줄지도 모른다

한번도 배운 적 없는 원시적인 헤엄을 칠때, 어디인지
모르는 곳에서 내 이름을 지우며 이 곳을 지키는 일,

사람들의 표정없는 얼굴, 가끔 찌 하나 흔들어 주며
나 닮은 너를 위로해 준다

동네 문방구

볼록렌즈 안경을 쓴 문방구 최씨는
둥근테 안에 박혀있던 공책사이 먼지를
익숙한 솜씨로 털어 낸다
고사리 손 집었다 놓았다하는 꼬마 손님의
코묻은 햇살로 채우고
딱지 뽑기 시간을 잃어버린 공책에
네모칸을 만든다
책가방마저 내려놓은 저녁이 깊어지면
부릅뜬 두눈에 놀라 도망가는 아이 등뒤에
너털웃음 한바가지 퍼 담는다
때로는 오징어 다리 하나 물고
무거운 고개를 떨구지만
건너편 쇼윈도 마네킹에 들켜
붉은 얼굴에 먼지털이 총채만 툭! 툭! 툭!
길 건너 횡단보도 걸어간 아내는
큰아들 등록금 만든 호주머니 속에 잊혀지고
작은 아들 훈련소 기압속에도 움직이지 않는다
몰려드는 아스팔트 매캐한 냄새에 찌든 생활이
컹컹 이웃집 개울음같은 셔터소리 요란하게 닫힌다

목발

감각없는 다리 대신
모니터의 맥박이 사정없이 뛴다
발의 일부분이 잘려 나가
나사 바늘 구멍을 찾아 떠나는 일
ㄷ자의 나사못를 박는 소리에
다리의 갈증은
밟아온 날들을 섬세하게 기억난다
몸의 온기를 불어 넣어
생각의 중심에 뼈를 찾아 세우는 시간
기형의 위험에 새파랗게 질린 발가락들
바깥에서 꿈지럭 거릴 시간이 필요하다
너는
단 한번에 잘라내어
이픔을 털어내고자 한 석이 없는가
문어발처럼 사방으로 촉을 세워
결코 발걸음을 내 안으로 돌려놓고
깨어나기 위해 손바닥만한 심장을 두드린다
내 안에 머무는 동안 너의 거치는
한 줌밖에 안되는 작은 공간이다

도로 보수공사

작업화 고쳐 신는 표정 뒤로
휴가를 알리는 구멍가게, 구두수선집
모든 상가는 개점휴업 상태다
아스팔트에서 끓는 타르 연기가
눈이 따갑게 피어오르면
땀방울 섞인 삽질이 분주하다
장마비에 패인 도로를 땜질하던
무게차 지나간 도로는
잘 달구어진 후라이펜이다
때 절은 수건으로 땀을 닦으며
휴가를 반납한 검은 팔뚝은
가족들의 하루 분량 양식이 된다

하루 8,000원짜리 병동

다친 어깨와 손가락 수술비 걱정에
숨조차 목 안에 밀어 넣는 할머니
벽으로 돌아 누워 어깨를 들썩인다
아무도 찾지 않는 병실은 소독약 냄새
날마다 산재 보험금 실갱이로
얼굴 누렇게 뜬 연변 아줌마
마음이 머물지 못하는 낯선 몸 뒤척이며
따뜻한 집을 꿈꾸고 있는 걸까
털털거리는 녹슨 휠체어를 버려두고
나는 목발에 의지하여
병실 문을 열고 복도의 긴 의자를 찾아서
조심스레 한 발 한 발 내 딛는다
의자에 등을 기대고 눈을 감는다
이처럼 우리는 어딘가에 몸을 맡겨
터진 물집에 반창고를 바르게 하는 일이 아닐까
부러진 발목에서 통증이 몰려온다

도시의 저녁

기억을 잠재우기 위해 어둠은 오는 것일까
낮이 수면 아래로 가라앉으면
알레르기로 겨드랑 밑이 가려워 진다
바람속인지 구름속인지
희디 흰 물소리까지 바닥을 드러내면
분주히 집으로 돌아가는 발걸음
노을 속으로 건너 간 하늘에
누렇게 뜬 얼굴 비치면
잠깐 생기가 돌다 사라지는 군중들
제 몸속의 하루 분량 탑을 허물고
또 다른 생을 이식하기 위해
저녁이 찾아오는 것은 아닐까
제 몸을 힘껏 일으켰다
다시 엎어지는 지푸라기 밑동 같은 시간이
빌딩 숲이 걸어온 길을 채우고 있다

물발의 기억

내 몸의 내력은 가늘게 떨고 있는 한 점의 물이다
경계의 엷은 껍질에 쌓여 퇴색되어가는 물고기
암호로 남아있는 물빛은 빈 방을 만들며
두 눈이 백지로 퇴색되어 가는 고요의 바닥이다
물을 안으로 끌어들이는 소용돌이 두근두근
노동과 생각의 화석이 내 안에서 만져질 때
높은 온도로 끓다 점이 되어 몸 밖으로 증발된다
겉옷이 남루해 질 때까지 천천히 식어가는 몸뚱이

제3부

기둥의 구조

파랑새 증후군

벽돌처럼 딱딱한 먹이를 물어야 살 수 있는
진흙으로 만든 둥지를 허공에 짖는 일은
태양을 해체하다 생긴 투명한 빛이 아닐까
자신의 몸을 꺾어 몸속 깊이 집어넣고
어제를 밟아 매장하며 질문과 답을 번갈아 하며
내일의 꿈을 꺼내보고 닫는 신기루인지
짧은 생을 묻는 일은 호리병 모양의 산길에서
펌프질한 공기를 폐 안에 가득 몰아넣고
하늘 지붕을 덮고 견디다 풀어놓던 숙제
번개가 가슴을 쪼고 간 남은 흔적 지우려
다시 돋아나는 불씨의 다른 옷을 갈아입고서
끝내 열리지 않는 문을 바라보는 고집 센 중독자
등 뒤에는 아무런 그림자가 없다는 걸 알면서
현상뇌지 않을 필름을 손안에 움켜쥐고
지상에 없는 집 안에서 상처를 말리고 있다

리허설

새는 잠겨진 문 안에서 우회전하며 날아간다
지상에 날아 앉으면 수많은 날개 부딪치는 소리
초벌 그림은 자신의 집을 메고 꿈틀거리던
달팽이의 걸음 닮아 몸이 바닥에 닿아 발이 된다
벽에 걸린 조명의 따가운 시선은 밑그림이 되어
끝내 완성되지 못한 채 이정표가 되고 만다
자신 안의 불을 끄지 못해 반쯤 허물어진 낮달인가
발치 끝에 무릎을 꿇는 과장된 몸짓에
어디로 날아가려는 지 날마다 기울기를 더 해간다
집의 벽 속에 갇혀 있어도 멈출 수 없는 시간
내 안에서 오래 삭혀 모서리를 헐어내고 싶다

이 세상 모든 얼굴이 반쯤 백지로 남을 때까지

박제된 알

알 전구를 콘센트 없이 나뭇가지에 매달아 놓고
나무에 등 기대고 앉아 마른 기침소리 삼키면
다 털어내지 못한 이야기 박혀 있는 너의 모습은 본다
오래 견디던 눈이 갈색의 박제가 되어가다
땅바닥에 주저앉은 노숙의 눈과 눈이 마주치면
지난날의 푸른 빛깔이 머릿속에 떠오른다
기억도 가물한 어린 날 실험실에 들어서면
코끝을 파고들던 에탄올 냄새마저 말라가며
계절을 앓던 날들을 엿보는 속살은 시리다

기둥의 구조

그늘이 뚝뚝 떨어져 내리는 날
땅 속에 제 발목을 묶고
생의 무게를 견뎌야 하는 지
누구도 알지 못했기에
몸 안쪽에 세워 놓았을 테지
수직의 성(城)이 되어
제 자리를 떠나지 못했을 테지
눈과 팔다리는 보이지 않아
균형을 잃지 않는 한 몰랐을 테지
버팀목이란 이름으로 세워져
측량한 만큼의 공간에 갇혀
다른 노래를 담아 둘 수 없는
가슴을 열고 들여다 보면
달리 과녁을 빗나간 적 없이
낡아가는 뿌리의 소리가 들릴 테지

탑승

상처를 베어내어 손끝에 감촉이 와 닿는
판화 한 점 새기려고
눈을 뜨고 잠드는 것이 가능한 일일까

미열로 들뜬 팔뚝에 마취제를 꼽고
멍한 눈빛으로 비가 내리는
창밖을 내다 보는 눈동자는 섬을 닮아 있다

아직 착륙 지점을 찾지 못해
모니터에 또 다른 항해지도를 호명하면
눈동자에 별이 생성하고 소멸한다

또 다른 행성을 만들려는 눈은 반짝이며
유리창에 흘러 내리는 빗물 자국을 쓰윽 훔친다

서로에게 닿지 않고 보이지 않아
해독할 수 없는 기호들 캡슐에 갇혀
어딘가 내려 앉을 도착지를 찾는 중이다

임종

수술대 위에서 껍질을 벗는 모습이 저렇까
다리 밑에서 유유히 흐르는 강물

눈앞이 희미해 진다
창문을 바라본다

손가락을 줬다 폈다 하는 저 이파리들
은행나무 흔들의자 위 아가 재울 시간

가장 잘 보이는 울음 저쪽,
혼자 남겨질 또 다른 그림자를 본다

유모차, 아기신발, 딸랑이, 배넷저고리, 아기이불
응접실에 차곡차곡 쌓아 놓는다

숨을 쉬어야 하는데
숨을 쉬어야 하는데

병실 한 구석에서 혼자 빠져 나가는 중이다
눈을 감자 오후는 빛바래 사라진다

사람들의 발걸음이 빨라진다
갓난아기의 힘찬 울음 소리가 들린다

감기

1

팬더곰 눈빛 닮은 둥글레차 티백이 뜨거운 종이컵
속에서 우러난다 서둘러 입술을 대어 핥으려다 생긴
물집, 순식간에 몸이 부풀어 오르며 아우성친다 손 안
에서 핸드폰 진동소리가 나를 찾는다 도무지 움직일
수 없다

2

들뜬 체온을 낮추는 건 나의 이야기를 들어주는 자
의 몫이다 바람을 가르고 무딘 연장으로 과거를 불러
내는 통증은 번번히 창밖으로 빠져 나가려고 하는 데
차라리 몸을 벅벅 긁어 주든지 순식간에 낯선 터널을
빠져 나와야 한다

3

해열제를 입안에 털어 넣고 누우면 또 다른 계절이
멀리서 나를 반겨 주려나, 내 안에 들어와 둥지를 틀
던 주인공을 찾아 쫓아내고 추운 겨울 지날 때까지 누
구도 침범할 수 없는 단단한 옷을 마련하리라

펭귄

겨울의 냄새를 입에 물고 나와
물속 고기를 건져 올리는 너는
누가 뭐라 해도 젖을 가진 새다
뒤뚱 짧은 걸음에 실어 보내는
햇볕이 깨진 얼음 속의 강물을 닮아
둥지에서 날아오르지 못해
어제를 묻어 두고 사는 물속
물그림자 길어지는 저녁이면
등 뒤에 감추었을 날개의 흔적
부리로 찾고 있던 미련함이
너를 또 뒤뚱거리게 한 지 모른다
다시 날아오를 때까지
부어오른 날개 가벼워지도록
몸에 소독약으로 찍어 바르면서
이제 아픈 생각은 툭툭 털자
날씨 차갑지만 하늘과 땅의 경계에서
네 혈관 속에 급하게 데워져 가는
체온의 전보를 바깥 세상으로 치고 있다

"모든 체형을 흡수하고 날개를 변형시켜라"

지물포 최씨

1

　얼룩진 반바지를 걸쳐 입은 지물포 최씨가 새벽별에
풀칠을 하고 있다 김이 모락 모락 오른 아침, 장딴지
가 땡기도록 감아올린 도로에 하루 종일 쓸 도배지에
서걱 서걱 낡은 가위로 길이를 자르고 차곡 차곡 쌓아
올린 풀붓 위엔 중학생 딸아이 교복이 다림질하고 있
다 반듯하게 주름을 잡자 개어 놓은 이마의 주름뒤로
지난 여름 떠난 아내의 땀 냄새가 축축하게 배어 있다

2

　부르릉, 칸막이의 뒷짐 싣는 낡은 오토바이 소리는
15년 넘게 축 늘어져 살아 갈 생각이 없다 고양이 수염
을 당기듯 수없이 페달을 밟아 평생 고생시킨 영혼을
뿌리고 쭈욱 뻗으며 멈추지 못한 시동을 걸어본다 장
판 묶음을 줄줄이 싣고 백미러에 반사된 구릿빛 얼굴
에 전세금 주판알 튕기는 소리만큼 발끝에 채여 흩어
진다 부르릉, 모여드는 저 차가운 햇빛

3

　출발, 목에 두른 커다란 수건이 휘날린다 깡마른 신
문들이 분주하게 오가는 골목은 건축 경기를 부추긴

다 벌써 깨져버린 아침 뉴스 시간, 납부기한을 넘겨버
린 전기세, 전화요금, 학원비의 절벽, 도배한 꽃무늬
별무늬 문양의 아파트 벽은 반반하고 새로울 것이다
벽에 붙어야만 아름답다 부르릉, 페달 밟는 소리에 놀
란 딸아이가 백미러에서 작아진다

비늘 건조증

물기 잃은 바닥에 모습을 들어 내며
마른 몸 탓인지
아가미에 거품을 문다

물에 잠기지 못하면
바닥조차 더듬을 수 없는 지느러미
물빛을 찾아 헤맨다

꼬리지느러미 흔들어도
귀에 들리지 않는 울음은
겨드랑이에 흘러내리는 진물일까

한 겹 물길을 이식하는 숨소리는
팔닥거리던 몸 낮추어
먼저 제 비늘을 말리는 일

가려운 등을 벽에 비비며 숨을 쉰다

신림동 고시텔

두 세평 책장을 눈동자 안에 엑스레이 하고
박제된 미래가 꿈틀 움직이면
손 때 묻은 헌책들의 검진이 시작된다
혼자 뜯어 먹던 족발에 법조문을 대어보고
혈액이 링거 줄에 솟구쳐 오르면서
머리를 식혀 내고 데우던 수많은 시간들
때로는 허기진 낮달에 어깨가 흔들릴 때면
발밑에 굴러 떨어지는 낡은 시험표들
몸 눕힐 수도 없는 방바닥에서 나풀거린다
좁은 골목 끝을 간신히 빠져 나오면
초록빛의 신호등을 바꾸는 한 남자
오랜 처방전을 들고 책방 안으로 들어선다

하늘과 땅의 간격

여자, 그를 찾아 헤매던 흙 묻은 발에
새벽 울음을 받아 구멍 하나 뚫는다
생의 얼룩을 지우는 일은 그리 어려운 일인가
한번 가 본 적 없는 섬 앞에 입술을 깨문다
땅에 내려와 눕지 못하는 그를 대신해
안이 어둡지만 밖을 선택하지 못하는 여자
젖꼭지 물고 늘어진 아이들 앞세우며
혼자 흙을 다져 호미로 돌을 골라내는 솜씨
그녀는 길을 잃지 않고 눈동자만 자랐다
꿈속에서 춥다며 난로 옆에 서 있는 남자
벌떡 일어나 등짝을 삽자루로 힘껏 내리쳤다
멀미로 두통을 앓는다 해도 좋을 사람을 날마다

제4부

화문석 짜기

부재중不在中

지문에서 이름 알 수 없는 무늬들이 묻어났다
꿈을 꾸는 듯이 내 안에 갇히는 빛
두 팔을 벌려도 닿지 않는 아주 먼 곳에서
잠들지 못하는 눈썹을 매만진다
허리부터 잘려 흩어졌다 모여든 말들
다른 날을 위해 남겨 두어야 하는 걸까
오돌토돌하게 살을 비벼 물이 오르는 순간
묵은 언어들이 긴장 속에 가늘게 떨고 있다
벽과 벽 사이에서 길어 올린 단어
다시 입안 깊숙이 천천히 들어간다
길쭉한 주둥이를 가진 몸이 가늘어지도록
바닥끝에 가라앉는 내가 던진 돌일까
달팽이관 주변에 모였다 흩어지는 메아리
힘겹게 토해내는 언어 안에 나는 없다

베고니아

창문 틈 사이로 비쳐드는 불빛에
바람 속에서 흘러나오던 음악
질긴 어둠 속으로 말없이 흩어진다
등을 돌릴 수 없는 현란한 네온싸인
몇 발자국 유리창에 어른거리다
몸 안에 꽃살문 무늬를 놓고 있다
바람 소리 듣다 꿈에서 깨어나면
어깨가 몽환처럼 조금씩 흔들린다
소리에는 저마다 색깔이 있는 걸까
베란다에 갓 피어난 베고니아 붉다

석화

이를테면 바다의 냄새를 맡는다는 건
밀물과 썰물의 흐름을 듣는 바위에 붙어
구멍이 뚫린 돌의 내력을 기억하는 일이 아닐까
바닷속 동굴 벽에 거꾸로 매달려
몸 안에 달라붙는 파도 냄새 맡으면서
조금씩 눈이 퇴화되어 익어가는 생처럼
물고기 지느러미의 소용돌이를 듣다가
어느 날 자신 안에 갇혀 두런거리다가
점점 굵어지는 껍질은 몸 안쪽에 대한 예의일까
어쩌면 모두들 눈에 보이지 않는 공간에서
자신을 하나 둘 다듬어 가는지 몰라
단단한 얼룩 안에서 발효되는 부드러움처럼

화문석 짜기

초저녁에 정전이라도 되는 날이면
촛농에 달구어져 번들거리던 고드렛돌
손에서 자꾸 미끄러지곤 했지

장날을 기다리며 고사리 손에 짜여지다
늦장 부리던 마음이 달가닥 달가닥
고드렛돌 넘기는 횟수 점점 빨라지곤 했어

다섯 식구 밥그릇을 이어줄 왕골이라서
수틀에 앉아 꽃 도자리에 색을 넣고
날줄과 씨줄을 묶던 꿈은 질겼던 걸까

윤곽이 들어나는 색깔이 아름다운 것처럼
생을 돌려 막을 문양을 새기는 일은
제 몫의 물감 풀어 넣고 삶아야 하는지

구겨진 시간을 다림질하는 화문석 틀에서
그림의 끝자락을 모아 돌 넘기는 밤
뒷동산에서 나비 문양의 잔디가 돋아났지

쉼표가 생긴 이래

모든게 이런가 싶어지는 날이다
문뒤에 감쳐진 빗살무늬의 소리
눈감고 느껴지는 줄타기를 누가 읽어낼까
지극히 낮은 음자리 위를 걸으면
오랜 삶이 구수하게 익혀져 나올까
까닭 없이 몸의 울림에 발꿈치를 든다
날마다 같은 자리에서 들리는 소리
뚜벅뚜벅 걷다보면 어느 덧 익숙해져
눈과 귀에 맴돌아 멈출 수 없는 길
그대는 입안에 가두어 둔 말 없었던가
날개를 접어 바닥에 내려 놓으면서
길모퉁이 돌아 두리번 잃어버린 문장들
숨을 고르며 비워낸 하루는 낯설다
쉼표가 생긴 후 나는 처음으로 작아진다

하느님은 보험료를 내주지 않는다

몇 번을 만지작거리던 보험계약서 조목조목 눈에 익
힌 다음
펜을 들고 적어 넣는 이름이 낯설다
내 몸을 보증한다는 조항을 읽자 긴장의 경계가 무
너진다

재채기만 해도 몸의 유통기한에 대한 두려움에
긴 목을 더듬고 지나가는 빛살무늬의 시간 앞에 서
성거린다
날마다 손금 위에 떨어지는 별들은 무슨 색깔일까
눈 뒤에서부터 횡격막까지 온 몸을 파닥거리다
이름 하나 걸치고 다시 돌아가 쉬어야 할 방은 있는
걸까

몸 안에서 돌아가는 물레, 입에 실을 물고 바늘 끝을
만진다

단추를 채우며

옷을 안으로 접거나 밖으로 펼치거나
가장 먼저 손이 가 닿는 곳
까마득히 잊어 있으나 없곤 하지
옷걸이를 벗어나 문밖을 나설 때
옷깃의 몇 가닥 실에 매달려
헐거운 몸을 가려주던 누군가를 닮아 있어
집에 있는 날에는 숨어서 반짝이지
단추 채우는 걸 잊은 적이 있을까
아마 너는 몇 개의 숨구멍이 있을꺼야

.

그 남자 증후군

지갑을 연다

과거가 용수철처럼 튕겨 나온다
누구든 몸을 웅크리면 이런 모습일까

석상과 목상이 번갈아 쳐다본다
내 안에 새겨진 족보를 따지면
곰곰이 삭아 얼룩마저 깊어져
신발을 벗고 뿌리를 내려 섬에 가 닿는다

아무도 살지 않는 불이 꺼진 등대
사진 속의 얼굴을 바라본다
꽃술에 새긴 이름은 가을이면 진다

지갑을 닫는다

그날, 나는 질긴 반죽에 빠져들었다

겨울의 벽

오래 전 내가 걸어 놓은 빗장이 아닐까 겨울바람에
제 몸의 살점을 떼어 주는 벽, 모서리 깍이면서도 앞
을 가로 막는다 벽을 뛰어 넘으려고 얼음 사다리 위에
눈을 감고 올라선다 왜 몰랐을까 겨울은 착지가 불안
한 계절임을, 발걸음 내딛어 얼음의 다리를 건너가면
하늘은 차가운 숨소리에 갇힌다 무게를 견디지 못한
몸이 좌우로 흔들린다 그제서야 겨울의 벽에서는 눈을
뜨면 사라질 눈꽃이 피어난다

겨울의 화원

무쇠난로 뚜껑 가장자리에서 새어 나오는 불빛
아무 소리 들리지 않던 열기에 이마를 적시면
내 유년의 가난한 시간에도 바람은 불어오곤 했다
풍로초 꽃망울 곁에 앉아 기다리던 겨울의 끝
가지런히 뚫린 연탄의 눈들이 천장을 쳐다본다
비밀의 화원은 봄을 위한 또 다른 계절의 틈이다

횟집에서

누군가의 토막난 생을 가까이 들여다 본다는 건,
　그 밑에 반들거리는 접시를 받쳐 놓은 서늘함이 아
닐까
　싱싱한 윤기로 꿈틀 식욕을 돋우는 넌,
　소금기 먹은 먼 바다 파도소리를 담고 있었지

접시에 가지런히 담긴 무우채 제단 위에서
　알몸의 의식을 치르듯 순서를 기다리는 너를 보면
　지금은 기억조차 희미한 바닷속에서
　커다란 꼬리지느러미 힘차게 흔들던 모습이 떠올라

어디선가 조종弔鐘 소리가 들려,
　아마 젓가락 부딪치는 소리를 잘못 들었는지도 몰라
　더 먼 바나를 꿈꾸던 잔란했던 삶 보다
　제 몸을 내어 주는 헌신이 또 다른 생을 굴리는 바퀴
가 아닐까

정육점에서

장바구니 들고 진열장 앞에 선 아주머니
지난 날 잘려 나간 탄력을 가늠하는 지
디지털 저울의 숫자를 찬찬히 내려다본다

몇 그램의 무게가 장바구니에 더해지면
살점을 다 떼어 주고 남은 뼈들은 어디로 갈까
차례를 기다리는 나는 어디로 가는 걸까

정육점 대형 냉장고 안의 갈고리를 보면
생을 무두질해 걸어 놓은 신선도에
목구멍이 근질거리는 비릿한 한기를 느낀다

제5부

겨울비의 무늬

겨울비의 무늬

색깔이 지워진 그늘을 밟고 어둠 속에서
빗물 소리 뚝뚝 건져 올리는 겨울밤
아직 새들은 잠들 곳을 찾지 못한다
노숙의 시간 끝자락에 매달린 눈꽃
제 속의 뜨거움이 빗물과 섞여 녹아내린다
혼자 우는 것이 어디 너뿐이랴
가느다란 무늬가 되어야 흐를 수 있는 몸
바닥에서 더 낮은 바닥으로 빨려든다
어둠을 밀어내며 멈추지 않는다
유리창에 입을 대고 입김을 훅 불어본다
젖은 새의 깃털이 먼저 흐려진다
손가락 끝으로 "무늬"라고 적어본다

혼자만의 사랑법

내 안에 목소리를 듣지 못하는 뿔이 돋았어요
꼼지락거리며 바닥에 쏟아 놓은 말들은
다시 주워담는 연습을 수없이 반복했으니까요

몇 번이나 주파수를 맞추어 본 망설임 끝에
주인을 찾지 못해 쓸쓸히 부딪히는 술잔 소리
아직 아물지 않은 마음의 틈새를 파고드네요

혼자의 사랑법에 길들여져 모른 채 한다 해서
아무 탈 없이 앉아 있거나 서 있는 건 아니예요
내 안에 목소리를 듣지 못하는 뿔이 돋았어요

가시나무, 306호

둥지는 복도 막다른 곳에서 끝난다
가시를 떠나는 가시나무
지난밤 책상과 의자에 묻어 있던
빗물 자국을 손바닥으로 닦아내며
눈치 채지 못한 자국을 벽에 걸어두고
혼자서 돌아앉아 울지 않는다
또 다른 반전을 꿈꾸는 이상주의자의 울음은
목 안에서 더욱 뜨거워질 터
눈물의 의미를 바꾸어 놓는 순간에
신도 어쩔 수 없이 가시를 찾아
겉옷을 벗어 나무에 걸어보는 저녁
한 뼘 남짓한 원룸 306호 작은 방에서
날숨과 들숨을 견디는 바람 소리처럼
부활을 꿈꾸는 목소리 거칠다
고개 숙이고 하늘을 향해 두 손을 모으던
창백한 마리아의 손끝이 떠오른다
그렇다, 날개는 겨드랑이부터 돋을 터
가시나무에 몸을 내어주고 찔려 보는 거다
온 몸이 시린 날 속에 피어 날
단 한 번 아름다운 노래 소리에 익숙할 때까지

수신인불명

아직 여물지 못한 소식이었을까
낡은 서랍 속에 빛을 바래가는 엽서
나이테의 결을 따라 미끄러진다
수신인을 찾지 못한 안부
길을 잃고 서랍 속에 차곡차곡 쌓여
밤을 지새운 눈을 감고 있다
내 안에 오래 된 이름 지우려
겉봉에 우표를 붙여 만지작거리면
눈앞에 다시 살아나는 거리
이른 아침 우체국 계단 옆에 서서
그 겨울날을 기억 속에 떠올린다
차가운 바람이 거리를 할퀴고 지나간다

유리병

빈 공간 속에 과거가 있다는 걸 알려주었지
여전히 몸에 붙이고 있는 화려한 스티커
지난 날 내 안의 풍요를 읽어 내면
입 안에서 터지던 농도 100% 과즙에
어디에서든 목마른 갈증을 덜어내곤 했지
모두 다 내어주고 아무렇게 버려져
속살까지 내보이며 발길에 채여
이리저리 구르는 빈병의 내력을 듣다 보면
내 몸 안에 머물던 식물의 나라 보다
용광로에서 김을 피워 올리던 때가 기억나곤 해
누구나 버려져 흔적 없이 사라질 테지만
빛이 네 안을 관통 할 때 마다 잘게 부셔져
똑같은 공장 라인에 누워 빈혈을 앓다보면
내 놈에 또 다른 스티커를 붙이게 되지
병뚜껑을 열면 차갑게 피워 오르는 입김
내 몸 안에 차가운 냉기가 돌때면
잎을 내고 무르익다 바람에 떨어져
거리에서 뒹굴던 낙엽이 생각나곤 하지
다시 거듭난다는 것은 자랑할 만한 일이야
모든 바퀴의 힘은 앞으로 내달리게 하잖아

카시오페아

의자에 앉아 매달려 있는 별자리
다섯 손가락 접은 손 펴지 말아요
W자의 모습으로 남겨진다면
당신 곁을 꺼꾸로 겉돌아도 괜찮아요
포세이돈*를 화나게 했군요
그래요, 모두들 모른 척 할 뿐이예요
아름다움을 꾸미는 일은 당신뿐이니까요
모든 여인을 대신해
끝내 꺼지지 않는 별을 지키는 일은 나의 일이지요
어둡고 끝없는 우주 공간을 떠돌다
홀로 혼자임을 알게 된다면
쓸쓸함까지 끌어 안을 용기를 내겠어요

하루 반의 눈으로 바라보겠어요 안락한 의자를 준비
한 채

*포세이돈 : 그리스 신화에 나오는 가장 오래 된 물의 신

유리 인형

몸 속을 환하게 열면서 태어났다

물을 풀어 태어난 긴 목을 흔들며
물병자리처럼 비우고
두근거리는 심장에 별 하나 반짝인다

산다는 것은 몇겹이 조각 나야
투명한 호흡으로 태어날 수 있을까

곰곰히 들여다 보다 지나간 자리에
한 발자국을 내딛을 수 없는 간격
아름다운 감옥이라고 불러야 하나

내 안의 고요에 뛰어 든다
그래, 밖에서 네게 조심스레 걷는 길, 유리다
또 다른 창

밖의 바깥

외출했다 돌아 온 뜰에서
어머니의 가을이 묻어 왔다

자물쇠 대신
바람이 잠궈 버린 보물상자

핏기 잃은 입술의 더듬거림
뼈 마디에서 관절 부딪히는 소리는
코스모스 꽃잎 수줍게 털어 낸다

낮에 걸려온 휴대 전화 메세지
또박 또박 문자로 보내는 대신
외진 산 모퉁이에서 말없이 풀 한포기 뽑으셨을꺼다

이 가을, 누구나 목적지를 물을수 있을까
눈앞에 보이는 모습 찬찬히 읽어도
해석할 수 없는 수고

그 자리서 흙이 되고픈 봉긋하게 솟은 가슴
"진드기같은 망할 놈의 속정"

시간이 지날수록
어머니의 외출은 횟수가 잦아졌다

피그말리온

대리석안은 온기가 가득 찼어요
몰랐군요
피사체의 몸으로 태어나
사랑을 받는 일은 드문일 이니까요
입 안 가득 바람을 불어 넣는 일은
위험한 일이지요
대리석상으로 만든 내 몸
세상으로 통하는 문에 걸친 실핏줄에
훅훅 숨을 몰아넣는 꿈의 이야기
당신이 나를 만들었군요
변신은 한번이면 족하지 않나요
신들도 사랑을 하나 보군요
어쩌면 선택이 두려워 했을지 모르겠어요
아프로디테* 당신이 진정 사랑한 건
내가 아니라 당신이였군요
카오스 속에서 천지가 창조되고
신들과 영웅시대의 신화가 끝날 무렵
당신의 믿음이 나를 변화시켰어요
이제 조심스레 당신 앞에 걸어 나가는 모습
대리석의 베일이 뚝뚝 녹아 내리는군요

*아프로디테: 그리이스 신화에 나오는 미의 여신

뒤집어 본 세상

뒤집어서 가까워지는 일로 말하자면
내 머리칼이 땅을 쓸어 줄긋기를 시작하면서
한 뼘씩 넓어가는 세상을 재어 보는 일 아닐까

철봉대에 다리를 걸고 아래를 본다면
자신과 가장 닮아 있는 허구를 셈하면서
운동장 모래밭을 하늘로 믿어 보는 거다

매달린 채 모래알에 손바닥을 집으면
땅을 딛고 물구나무 서서 걸어가는 모습
그 발바닥을 제대로 들여다 볼 수 있는 기회

거꾸로 안아보는 허공은 자신의 몸 안에
옮겨 놓지 못한 발사국을 남겨 놓지만
오랜 기지개로 더 따뜻한 심연을 안아보는 중이다

사막

낙타등 만한 동전에 감이 잡힐 나이
짐을 홀로 지고 닿을 수 없는 먼 길이 있다는 걸 알
았다
불안한 접촉이 허물을 벗을 때 마다
잘 깨어지지 않는 거리의 풍경에서 벗어나지 못하고
빈 바구니의 헛헛함에 퇴근을 미룰수록
하루하루 힘겨루기를 하던 나날들
내 안의 나를 미쳐 알지 못할 십대 중반쯤
타박타박 걸을 수 없는 사막 하나 가슴에 키우며
부르튼 입안에 가득 고인 군침을 삼키면서야
삶과 죽음이 한 통속이라는 걸 깨달았다
모래바람으로 내 몸을 구석구석을 말리면서
벽을 하나 둘 박차고 나오는 길에도 황사가 자욱했다
눈에 보이는 사방은 여전히 사하라 사막
여기저기 먹이를 찾아 떠돌던 영양의 곤혹스런 눈빛
이 저랬을까
눈을 끔벅이며 성경 23편을 읽어도 칠흑 같은 어둠
은 펄럭였다
내 안에 얼어 붙은 폐허를 헤집으면
섬유로 직조된 유리관을 통과하는 환하게 빛나는 빛

　나의 사막은 언제나 자정 넘겨 독서실 형광등 불빛
이 꺼지면서 끝이났다

해송, 푸른 지붕 밑

그는 누구도 소유할 수 없는 등피燈皮를 가졌다
까칠한 몸에서 푸른 물이 묻어난다 해도
오랫동안 압축된 바람의 그림자 곁을 지나갔다
밤마다 부서지는 잠의 문고리를 잡고 버텨낸
골 깊은 상처조차 등굽은 수행으로 견뎌낸 과거도
바람과 바람사이를 드나들던 세상에서도
눈먼 반복의 기나긴 여행을 위해
차곡차곡 내부에 챙겨둔 시간을 묻지 않는다
그를 바라보면 오래 전 막막하던 삶이
늠름한 기상으로 우직히 버티고 있었던 때가 생각난다
비바람에 터지고 갈라져 굳은 살 박힌 몸에
식솔들의 둥지를 키워내다 돌아가신 친정 아버지 닮은
낙관이 찍힌 세월의 흔적을 어린 심장 안으로 밀어
넣는다
따뜻했던 날의 온기가 몸 안에 서서히 퍼진다
낮거나 작거나 푸른 지붕은 또 다른 나의 아버지다

시간과 공간의 경계 지우기

박영봉(시인, 목사)

1. 시간의 거미줄 엮기

거미줄은 짧은 시간에 만들어 지지 않는다. 오랜 시간을 거쳐 자기의 몸속에서 쌓아 두었던 아미노산을 숙성시켜 천천히 밖으로 내 보내어 날줄과 씨줄을 엮어 만들어 나간다. 시도 마찬가지다. 시인이 살아오면서 체득한 삶과 사물을 내면에서 오랫동안 숙성시켜 직조해 낸 결과물이 바로 시다

박혜숙 시인의 시는 과거의 기억을 현재로 호명하여 서두르지 않고 하나 둘 완성시켜 나간 시들이 대부분이다. 시인의 고백을 듣자면 어린 시절부터 지금까지 써 놓은 일기들이 시의 밑바탕이 되었다고 한다. 그만큼 시에 대해서 성실하게 접근하는 시인이라고 하겠다. 그래서인지 몰라도 그의 시에는 바람과 바다와 도

시의 후미진 골목이 어울어져 하나의 거대한 하모니를
연출해 내고 있다.

한 개의 문門으로 과거가 통과할 때가 있다

누군가의 근황을 궁금해 하며

줄을 타면서 아무것도 물어보지 못한 채

듬성듬성 바늘 귀 안에 흘러들어

따슨 날을 찾아 불어대는 바람을 뽑는다

굳은살 박힌 발바닥 조용히 들여다보면

체온 속에 감겨드는 시간의 쓸쓸함

간당간당 목숨을 부지하고 살아가는 길은

잠시 쉬지 않는 초침의 흐름 속에

과녁에서 빗나간 줄이 뒤섞여 엉겨 붙는다

제 몸속에서 뽑은 실로 삶의 귀퉁이에

무늬를 수놓을 수 없는 끈적임 뿐

담벼락에 목이 부어오른 저녁이 눕는다

팔다리가 기억하는 온도는 따뜻할까

「시간의 거미줄」전문

    박혜숙 시인은 기억 저편에서 불러온 지난 날의 애
한을 오늘 바로 눈앞에 호명한다. 위의 시에서 거미줄

을 시간의 흐름과 연관시키고 있지만 결국 시간의 쓸쓸함마저 '따슨 날을 찾아 불어 대는 바람을 뽑는 일'이라고 삶을 긍정적으로 바라보고 있다. 여기서 '따슨 날'은 미래에 대한 희망이다. 그러나 '굳은 살 박힌 발바닥'이라던가 '제 몸속에서 뽑은 실로 삶의 귀퉁이에/ 무늬를 수놓을 수 없는 끈적임 뿐'이라는 고백을 통해 삶이 결코 간단하지 않음을 진술해 나간다. '간당간당 목숨을 부지하면서 살아가는' '과녁에서 빗나간 줄'로 표현하고 있는 이미지와 일치한다. 거미가 거미줄을 짠다는 것은 창조행위다. 그러나 다른 한 편으로는 자기의 먹이를 구하기 위한 공격성을 상징하기도 한다. 이 시에서 시인의 시 짓는 일이나 삶이 다른 누구보다도 치열하였다는 사실을 보여주고 있다.

하루 분량의 울음 견디던 날개

퍼득거릴 때마다

자주 휘어지는 나뭇가지는

목뼈를 건드리던 들썩임이 아닐까

빈속을 보이고 싶지 않아

날개를 끌어당겨 가슴에 접으면

나무 밑에 어지럽게 흩어진 어둠

간신히 물던 발목은 맨 발톱이다

허공에 날렸을 무수한 헛발질

몸이 날기 위해 가벼워지려던 것인지

물집 잡힌 멍울이 촘촘히 박힌

깃털을 접으려 공중의 거처를 탐할 무렵

둥지는 성을 쌓는 일 중 하나겠지만

안에서 불어오는 바람은 차갑다

몸이 땅에 닿는 일은 없을꺼란 주문을 외우며

마른 눈을 하늘에 걸어놓는다

다른 계절의 온도를 가늠하면서

「새」전문

박혜숙 시인의 내면에 투영된 세상을 보는 눈은 맑고 따뜻하다. 시적 깊이를 이루고 있는 공간은 시와 인간이 만나 따뜻한 교감이 형성되는 장소라 여기고 있기 때문이다. 박혜숙 시인의 시에는 자연이나 동물들의 이미지를 차용하여 시를 만들어 나가는 것이 눈에 많이 띤다, 그러나 살며 사랑하며 아파하는 인간의 삶을 깊이 있게 천착하기 위한 하나의 도구일 뿐이다.

위의 시에서 볼 수 있듯이 '하루 분량의 울음'이라든가 '자주 휘어지는 나뭇가지' 등은 시인의 삶과 무관하지 않다. 이 시는 어린 시절 아버지를 일찍 여위

고 허허 벌판에 홀로 서 있는 듯한 절박함이 시의 축을
이루고 있다. 이 시에서 성장기에 겪었던 시인의 고독
과 쓸쓸함, 결핍의 목소리를 듣게 된다, ‘나무 밑에 어
지럽게 흩어져 있는 어둠’은 시인에게 극복할 수 없는
현실이다. 그 어둠을 물고 있는 발목 역시 맨 발톱이
다. ‘허공에 날렸을 무수한 헛발질’은 빈 허공에 나마
깃털을 접을 둥지를 만들어 보겠다는 긍정적인 몸부림
으로 읽힌다. 여기서 시인은 주문을 외우며, 자기 암
시를 통해서라도 또 다른 계절의 따뜻한 온도를 소망
하고 있다.

햇빛 속으로 모여드는 입자들
틈과 틈 사이로 내려 앉는다
누구의 몸짓이 삭아 부서진 것일까
나무의 허리를 휘게 누르고서
서걱거릴 공간을 주지 않는 바람은
귀에는 들리지 않는 나부낌
몸 하나 펴 보이지 않고서
땅위에 내려앉는 말들
방향을 잃고 벼랑에 닿아 휘청인다
잠 깨어난 원통형 굵은 등뼈

수근 거리던 몸의 무게를 알까
저울대에 선 몸마다 눈금이 다르다

「벽」전문

시를 비롯해서 문학은 사유의 산물이다. 그런 의미에서 사유의 깊이는 시의 깊이라고 할 수 있다. 다시 말하면 사물의 겉만 훑어보고서는 결코 좋은 시를 쓸 수 없다는 뜻이 되겠다. 다시 말하면 어느 누구도 들어가 본 적이 없는 사물의 내포성에 시인은 가닿을 수 있어야 한다.

박혜숙 시인의「벽」은 바로 그러한 사유의 깊이를 더해주는 시편이다. 시인에게 서걱거릴 공간조차 주지 않는 틈과 틈 사이로 내려앉는 삶의 무게는 자신의 삭아내린 몸으로 인식하고 있다. 벽은 단절을 뜻한다. 그러나 '저울대 앞에 선 몸마다 무게가 다르다'는 진술을 통해 그 단절마저도 차이로 인정하고 보듬어 안는 따뜻한 시각이 놀랍다.

2. 기억 저편, 그리고 망각으로부터 자유

망각은 하나의 축복임에 틀림이 없다. 우리는 지난 과거를 잊는다. 아니 무의식 세계에서 밀어낸다. 그것이 불유쾌한 일이라면 더욱 그렇다. 만일 과거를 잊지 않는다면, 그 많은 기억을 어떻게 감당할 수 있겠는가? 그런 의미에서 박혜숙 시인은 망각이라는 지혜를 통해서 시적인 자유로운 이미지를 도출해 내고 있다. 아래 시에서 그러한 사실을 극명하게 보여주고 있다.

1

다른 날개를 펼치기 위해 접어야 하는 날에는 발꿈치 들고 서걱거리던 잊혀진 계절이 있나 보다 누구의 발바닥에 닿지 않던 동화 속 나라, 아삭아삭 앞니로 곱게 씹어내린 이력은 저만치에 있기도 하고 쏘아 올린 허공에 매달리기도 하고, 잊는다는 건 물어뜯는 손톱처럼 이 세상에 없는 과거다

2

자신의 품에 기억이 말라 스스로 물러나면 모았던 두 손이 두고 온 내 몸의 내력을 읽어 내리는 일이 눅눅한 불빛에 녹아내린다 비로소 발바닥에 닿던 두 눈은 강물 냄새로 창문에 환하게 녹아내려 새벽의 내장을 하얗게 증발시킨다 점점 가늘어지는 긴 혀를 꺼내도 혓바늘이 돋아 말 못하는 동물로 살아가며 휘어진 등

3

누구에게 물어볼 것인가 타닥타닥 불탄 가슴으로 하늘에 빌려 주었던 지난 시간이 발효하자 다른 생도 때론 실밥을 뜯고 자신이 살아온 만큼 사라져가는 것이 아닐까 시차를 견디며 자기 세계로 돌아가는 길, 터져야만 자기 안의 빙하가 녹는 날에는 난생 처음 타인의 태도를 통해 잊는 법을 배우고 있는 오늘은 웃음을 참는 희곡 같다

「잊혀지는 것은 다 이유가 있다」전문

박혜숙 시인은 잊혀지는 것은 다 이유가 있다고 토로함으로써 인간관계의 어려움을 예리하게 갈파하고 있다. '발뒤꿈치 들고 서걱거리던 잊혀진 계절'은 이제는 현실에서는 찾을 수 없는 '동화 속 나라'이다. 그건 시인에게 다시는 돌이켜 생각하기 싫은 '이 세상에 없는 과거'의 잊혀진 기억이다. 인간관계에서 오는 상처를 시인은 지금 시를 쓰는 행위를 통해서 치유를 받고 있는 셈이다. '긴 혀를 꺼내도 혓바늘이 돋아 말 못하는 동물로 살아가며 휘어진 등' 시인 자신이자 모든 사람들이지만 '타인의 태도를 통해 잊는 법을 배우는' 자신의 모습을 '웃음을 참는 희곡'에 비유하므로서 시인의 통증을 반어적으로 진술하고 있다.

작업화 고쳐 신는 표정 뒤로

휴가를 알리는 구멍가게, 구두수선집

모든 상가는 개점휴업 상태다

아스팔트에서 끓는 타르 연기가

눈이 따갑게 피어오르면

땀방울 섞인 삽질이 분주하다

장마비에 패인 도로를 땜질하던

무게차 지나간 도로는

잘 달구어진 후라이펜이다

때 절은 수건으로 땀을 닦으며

휴가를 반납한 검은 팔뚝은

가족들의 하루 분량 양식이 된다

「도로 보수공사」전문

　시인은 한 여름 무더위도 아랑곳하지 않고 땀방울을 흘리며 도로보수공사를 하는 노동자들을 보고 있다. 박혜숙 시인의 시에는 가난하고 소외된 사람들이 많이 등장한다. 그만큼 세상을 보는 눈이 따듯하기 때문이 아닐까 싶다. 소시민들의 삶을 그의 눈에는 삶은 '잘 구워진 후라이펜'을 딛고 걸어가는 것으로 파악한다. 그는 사회복지사로서 주말이면 재가노인이나 복지시설에 요양하는 치매노인들을 직접 찾아가 목욕을 씻

기고 입히고 먹이면서 봉사 할동을 한 경험이 있다고
한다. '휴가를 반납한 검은 팔뚝'에서 '가족들의 하
루 분량 양식이 된다'고 진술하므로써 여름 휴가마저
사치인 소시민들의 삶을 잔잔하게 그려나간다, 그런
이웃들이 바로 우리와 동시대를 함께 살아가고 있다는
사실을 일깨워 주고 있다.

기억을 잠재우기 위해 어둠은 오는 것일까

낮이 수면 아래로 가라앉으면

알레르기로 겨드랑 밑이 가려워 진다

바람속인지 구름속인지

희디 흰 물소리까지 바닥을 드러내면

분주히 집으로 돌아가는 발걸음

노을 속으로 건너 간 하늘에

누렇게 뜬 얼굴 비치면

잠깐 생기가 돌다 사라지는 군중들

제 몸속의 하루 분량 탑을 허물고

또 다른 생을 이식하기 위해

저녁이 찾아오는 것은 아닐까

제 몸을 힘껏 일으켰다

다시 엎어지는 지푸라기 밑동 같은 시간이

빌딩 숲이 걸어온 길을 채우고 있다

「도시의 저녁」전문

박혜숙 시인의 시에는 도시의 소시민들이 자주 등장한다. 분주한 발걸음으로 집으로 돌아가는 얼굴들, 저녁은 그런 의미에서 하루 분량의 노동에서 오는 '누렇게 뜬 얼굴' 지우고 기억마저 잠재우는 절대적인 휴식을 가져다 주는 시간이다. 시인은 '또 다른 생을 이식시키기 위해 저녁은 찾아온다'는 고백에서 '제 몸 힘껏 일으켰다/ 다시 엎어지는 지푸라기 같은 시간'이라는 시적 이미지를 통해 똑같이 반복되는 일상을 진술해 나간다. 어느 누군가 시인을 가리켜 곡비라고 했던가. 타자의 아픔을 자신의 통증으로 받아들이는 시인의 진정성이 너무나 아름답다.

3. 기둥의 구조로 바라본 인식세계

박혜숙 시인에게 기둥은 원형상징에 가깝다. 민족과 시대를 초월하여 시인이 탐색해낸 기둥이 존재한다. 시간 뿐만 아니라 공간적인 한계를 가진 인간이면 누구라도 피할 수 없는 실존이다.

그늘이 뚝뚝 떨어져 내리는 날

땅 속에 제 발목을 묶고

생의 무게를 견뎌야 하는 지

누구도 알지 못했기에

몸 안쪽에 세워 놓았을 테지

수직의 성(城)이 되어

제 자리를 떠나지 못했을 테지

눈과 팔다리는 보이지 않아

균형을 잃지 않는 한 몰랐을 테지

버팀목이란 이름으로 세워져

측량한 만큼의 공간에 갇혀

다른 노래를 담아 둘 수 없는

가슴을 열고 들여다 보면

달리 과녁을 빗나간 적 없이

낡아가는 뿌리의 소리가 들릴 테지

「기둥의 구조」전문

　박혜숙 시인은 기둥의 구조 속에 살고 있지만 사유의 세계는 자유롭다. 그래서 역설적인 메타포로 시편을 이끌고 나간다. 한 발자국도 벗어날 수 없는 현실의 무게를 기둥의 구조로 바라보는 시선이 탁월하다. 시인은 사상의 표출보다 직관의 힘에 통해 정서를 구체적인 감각으로 껴안는다. 그런 점에서 기둥의 구조

는 인간의 존재론적 질문을 기둥이라는 매개물을 통
해 던지고 잇는 시편이라고 할 수 있다. 우리 모두는
알게 모르게 수직의 성 안에 갇혀 살고 있는지도 모른
다. 다시 말하면 측량한 만큼의 공간 속에서 삶을 영
위해 나간다. 달리 빗나간 적이 없이 낡아가는 기둥의
뿌리처럼 성실하게 살아가고 있음을 진술하고 있다.
시인이 연출해내는 역동적인 풍경이 느껴지는 시편이
라고 할 수 있겠다.

벽돌처럼 딱딱한 먹이를 물어야 살 수 있는
진흙으로 만든 둥지를 허공에 짓는 일은
태양을 해체하다 생긴 투명한 빛이 아닐까
자신의 몸을 꺾어 몸속 깊이 집어넣고
어제를 밟아 매장하고 질문과 답을 번갈아 하며
내일의 꿈을 꺼내보고 닫는 신기루인지
짧은 생을 묻는 일은 호리병 모양의 산실에서
펌프질한 공기를 폐 안에 가득 몰아넣고
하늘 지붕을 덮고 견디다 풀어놓던 숙제
번개가 가슴을 쪼고 간 남은 흔적 지우려
다시 돋아나는 불씨의 다른 옷을 갈아입고서
끝내 열리지 않는 문을 바라보는 고집 센 중독자
등 뒤에는 아무런 그림자가 없다는 걸 알면서

현상되지 않을 필름을 손안에 움켜쥐고
지상에 없는 집 안에서 상처를 말리고 있다

「파랑새 증후군」전문

　벽돌처럼 딱딱한 먹이/ 진흙으로 만든 둥지를 허공에 짓는 일. 이 모든 것들이 태양을 해체하다 생긴 투명한 빛으로 인식하고 있는 시인의 통찰력이 놀랍다. '벽돌처럼 딱딱한 먹이'는 자기 욕망의 많은 부분을 희생하고 포기한 댓가로 얻어진다. 박혜숙 시인은 욕망의 포기를 '태양의 해체하다 생긴 투명한 빛'으로 인식하고 있다. 태양은 우주의 중심이다. 우주의 중심을 해체한다는 것은 불가능한 일이다. 여기서 말하는 태양은 어제를 밟아 매장하고 질문과 답을 반복하면서 투명한 빛을 찾아가는 삶의 에스프리로 읽힌다. 시인은 고집스럽게 투명한 빛을 찾아 내일을 꿈꾼다. 등 뒤를 밀어 주는 배경도 없다. 아직은 현상되지 않은 필름을 손에 쥐고 신기루 같은 존재의 근원을 찾아 아물지 않은 상처를 말리면서 걸어가고 있다.

　1
　얼룩진 반바지를 걸쳐 입은 지물포 최씨가 새벽별에 풀

칠을 하고 있다 김이 모락 모락 오른 아침, 장딴지가 땡기
도록 감아올린 도로에 하루 종일 쓸 도배지에 서걱서걱 낡
은 가위로 길이를 자르고 차곡 차곡 쌓아올린 풀붓 위엔 중
학생 딸아이 교복이 다림질하고 있다 반듯하게 주름을 잡자
개어 놓은 이마의 주름 뒤로 지난 여름 떠난 아내의 땀 냄
새가 축축하게 배어 있다

   2

   부르릉, 칸막이의 뒷짐 싣는 낡은 오토바이 소리는 15년
넘게 축 늘어져 살아 갈 생각이 없다 고양이 수염을 당기듯
수없이 페달을 밟아 평생 고생시킨 영혼을 뿌리고 쭈욱 뻗
으며 멈추지 못한 시동을 걸어본다 장판 묶음을 줄줄이 싣
고 백미러에 반사된 구릿빛 얼굴에 전세금 주판알 튕기는
소리만큼 발끝에 채여 흩어진다 부르릉, 모여드는 저 차가
운 햇빛

   3

   출발, 목에 두른 커나란 수선이 휘날린다 깡마른 신문들
이 분주하게 오가는 골목은 건축 경기를 부추긴다 벌써 깨
져버린 아침 뉴스 시간, 기한을 넘겨버린 전기세, 전화요
금, 학원비의 절벽, 일감이 있는 꽃무늬 별무늬 문양의 아
파트 벽은 반반하고 새로울 것이다 벽에 붙어야만 아름답다
부르릉, 페달 밟는 소리에 놀란 딸아이가 백미러에서 작아
진다

「지물포 최씨」전문

이 시편은 홀아비 도배공의 하루를 비유하고 있다. 새벽부터 도배지를 준비하면서 중학생 딸아이 교복을 생각한다. 일찍 일터에 나오기 전에 손수 교복을 다리미질 했을 것이다. 그래서 교복을 통해 지난여름 먼저 세상을 떠난 아내의 정취를 맡았다. 여기저기서 건축경기를 부추기지만 아침부터 깨져버린 뉴스처럼 경기는 살아날 줄 모른다. 건축경기의 침체로 일감이 줄어든 도배공에게는 기한을 넘겨버린 고지서들만 수북히 쌓인다. 박혜숙 시인은 마치 소시민의 일상이 눈앞에서 벌어지는 것처럼 시 안에서 빠르게 전개시킨다. 한편의 드라마다. 오랜만에 일감이 들어와 오토바이에 풀통과 도배지를 실고 달리는 동안에도 그의 가슴에 파고드는 '차가운 햇빛'이다. 꽃무늬 별무늬 모양의 아파트 벽은 새롭게 변신하겠지만 현실 속의 자신과 딸아이의 몸은 작아져갈 뿐이다.

4. 역설의 미학, 부재의 존재

박혜숙 시인은 육화되지 않은 시는 시가 아니라는 사실을 이미 알고 있는 시인이다. 그래서 길어 올린

시어들을 섣불리 내놓지 않고 자기 내면의 사유로 오
랫동안 숙성시킬 줄을 안다.

　　　지문에서 이름 알 수 없는 무늬들이 묻어났다

　　　꿈을 꾸는 듯이 내 안에 갇히는 빛

　　　두 팔을 벌려도 닿지 않는 아주 먼 곳에서

　　　잠들지 못하는 눈썹을 매만진다

　　　허리부터 잘려 흩어졌다 모여든 말들

　　　다른 날을 위해 남겨 두어야 하는 걸까

　　　오돌토돌하게 살을 비벼 물이 오르는 순간

　　　묵은 언어들이 긴장 속에 가늘게 떨고 있다

　　　벽과 벽 사이에서 길어 올린 단어

　　　다시 입안 깊숙이 천천히 들어간다

　　　길쭉한 주둥이를 가진 몸이 가늘어지도록

　　　바닥끝에 가라앉는 내가 던진 돌일까

　　　달팽이관 주변에 모였다 흩어지는 메아리

　　　힘겹게 토해내는 언어 안에 나는 없다

「부재중」전문

　파블로 네루다는 시가 나를 찾아왔다고 했다. 시는
시다. '꿈을 꾸듯 내 안에 갇히는 빛'은 어느 날 시가 꿈속에서 만난 것처럼 갑자기 나에게 찾아 왔다고 진술한다. 아무리 두 팔을 크게 벌려도 닿지 않는 시는 그렇게 시인에게 어느날 갑자기 찾아 왔다. 박혜숙 시인은 '잠들지 못한 눈썹을 매만진다'는 고백을 통해 시인은 시로 인해 잠 못드는 밤이 많았음을 알 수 있다. 그런 간절함이 어느 날 시가 되어 시인의 눈앞에 나타났다. '허리부터 잘려나가 흩어졌'던 시어들이 한꺼번에 모여들었다. 그러면서도 조심스럽다. 다른 날들을 위해 그 시어 들을 남겨 두어야 할지 고민하고 있다. 달리 말하면 일평생 시 쓰기를 중단하지 않겠다는 시인의 결의가 엿보인다. '벽과 벽 사이에 길어 올린' 시어들이 시인의 가슴속에서 긴장감으로 떨고 있다. 박혜숙 시인이 전언하는 벽은 인간과 인간, 인간과 자연 사이 가로놓인 벽이자 동시대를 살아가는 아픔으로 읽힌다. 그러나 그 벽 속에서조차 시인은 오늘도 시어를 길어올리고 있다. 그렇게 길어올린 시어들을 '다시 입 안에 천천히 삼킨다'로 진술한다. 박혜숙 시인은 육화되지 않은 시는 시가 아니라는 사실을 이미 알고 있는 시인이다. 그래서 길어 올린 시어들을 섣불리 내놓지 않고 자기 내면의 사유로 오랫동안 숙성시킬 줄을 안다. 육화되지 않은 시는 달팽이관 주변에 모였다 흩어지는 메아리일 뿐이라고 진술하고 있다.

초저녁에 정전이라도 되는 날이면

　촛농에 달구어져 번들거리던 고드렛돌
　손에서 자꾸 미끄러지곤 했지

　장날을 기다리며 고사리 손에 짜여지다
　늦장 부리던 마음이 달가닥 달가닥
　고드렛돌 넘기는 횟수 점점 빨라지곤 했어

　다섯 식구 밥그릇을 이어줄 왕골이라서
　수틀에 앉아 꽃 도자리에 색을 넣고
　날줄과 씨줄을 묶던 꿈은 질겼던 걸까

　윤곽이 들어나는 색깔이 아름다운 것처럼
　생을 돌려 막을 문양을 새기는 일은
　제 몫의 물감 풀어 넣고 삶아야 하는지

　구겨진 시간을 다림질하는 화문석 틀에서
　그님의 끝자락을 모아 돌 넘기는 밤
　뒷동산에서 나비 문양의 잔디가 돋아났다

「화문석 짜기」전문

화문석은 한 때 부를 상징하기도 했다. 그때만해도

거실에 화문석을 깔아 놓은 집은 그런대로 잘 사는 집이라고 할 수 있었다. 시인은 어린 시절에 겪었던 경험을 시화시키고 있다. 초저녁 정전에도 아랑곳하지 않고 화문석을 짜는 모습이 동영상을 보는 것처럼 선명하게 다가온다. 손에서 자꾸만 미끄러지는 고드렛돌을 달가닥달가닥 넘기면서 어린 소녀는 무슨 꿈을 꾸었을까. 돗자리에 색을 넣고 날줄과 씨줄을 엮어 내던 꿈은 화려했을까. 다섯 식구의 생계를 잇게 해주는 화문석 짜기는 너나 할 것 없이 '생을 돌려 막던' 가난한 시절의 노동의 본질이 무엇인지 묻게 한다. 그래서 '뒷동산에 나비 문양의 잔디가 돋다났다'는 시인의 전언은 사뭇 소망적이고 긍정적인 시각이 아닐 수 없다.

누군가의 토막난 생을 가까이 들여다 본다는 건,
그 밑에 반들거리는 접시를 받쳐 놓은 서늘함이 아닐까
싱싱한 윤기로 꿈틀 식욕을 돋우는 넌,
소금기 먹은 먼 바다 파도소리를 담고 있었지

접시에 가지런히 담긴 무우채 제단 위에서
알몸의 의식을 치르듯 순서를 기다리는 너를 보면
지금은 기억조차 희미한 바닷속에서

커다란 꼬리지느러미 힘차게 흔들던 모습이 떠올라

어디선가 조종弔鐘 소리가 들려,
아마 젓가락 부딪치는 소리를 잘못 들었는지도 몰라
더 먼 바다를 꿈꾸던 찬란했던 삶 보다
제 몸을 내어 주는 헌신이 또 다른 생을 굴리는 바퀴가
아닐까

「횟집에서」전문

　　시를 쓴다는 것은 인간이 유한한 시간 밖에 살지 못하는 불완전한 존재라는 사실에서부터 출발한다. 인간 뿐만 아니라 모든 생명은 죽음을 피할 수 없는 유한한 존재다. 시인은 유한한 존재가 무한으로 가는 길을 횟집에서 활어들이 순식간에 토막난 채 접시에 받쳐진 모습에서 본다. 한 생명의 희생을 타자의 입맛을 돋아주기 위해서, 생명을 유지시켜주기 위해서 제단에 바쳐지는 의식으로 보고 있다. '제 몸을 내어주어 다른 생명에게 또 다른 생을 굴리게 하는 바퀴가' 라고 진술하고 있다. 먹고 먹히는 먹이사슬이 동시대의 생명만을 유지시켜주는 자양분이 되는 것은 아니다. 그 후손에게 연결되어 또 다른 생을 굴려 유한을 영원으로

까지 끌고 나가는 바퀴가 된다고 노래하는 박혜숙 시인의 시각이 놀랍다.

5. 또다른 사랑의 방정식

사랑에는 플라토닉(Platonic), 아카페(Agape), 에로스(Eros), 필리아(Philia) 등 다양한 개념이 있다. 박혜숙 시인은 카톨릭 신자이다. 이 시편의 고백처럼 시인은 아카페나 필리아 등의 더 큰 사랑에 머물고자 하는지도 모른다. 아카페는 잘 알다시피 희생적인 사랑이다. 필리아는 사전적 의미로는 친구나 동료, 인간에 대한 사랑이다. 그러한 사랑을 희구하기 위해 '바닥에 쏟아 놓았던 말들을 다시 주워 담는 연습을 수없이 반복' 했으리라. 아래 시에서 그 시적 이미지를 확인해 보기로 한다.

내 안에 목소리를 듣지 못하는 뿔이 돋았어요
꼼지락거리며 바닥에 쏟아 놓은 말들은
다시 주워담는 연습을 수없이 반복했으니까요

몇 번이나 주파수를 맞추어 본 망설임 끝에

주인을 찾지 못해 쓸쓸히 부딪히는 술잔 소리

아직 아물지 않은 마음의 틈새를 파고드네요

혼자의 사랑법에 길들여져 모른 채 한다 해서

아무 탈 없이 앉아 있거나 서 있는 건 아니예요

내 안에 목소리를 듣지 못하는 뿔이 돋았어요

「혼자만의 사랑법」전문

누구나 살아오는 동안 한번쯤은 기억에 오래 남을 사랑을 해보지 않은 사람은 아마 없으리라. 그런 까닭에 문학작품에서 사랑은 영원한 주제이자 화두다. 위의 시에서 시인은 혼자만의 사랑법을 익혀 가는 중이다. 사랑의 고백조차 이제는 '듣지 못하는 뿔'로 이미지화 시켜 담담하게 시를 완성시켜 나간다. 어떤 의미에서 볼 때 박혜숙 시인은 일반석인 사랑이 아니라 사랑의 특수성에 가 닿으려고 노력하고 있는지도 모른다. 시인은 사회복지사로서 주말이면 치매노인을 찾아가 아무런 댓가 없이 돌보아준 경험을 가지고 있다, 그런 의미에서 혼자만의 사랑법은 성숙한 인격의 소유자만이 가질 수 있는 사랑법이 아닐까 싶다.

그는 누구도 소유할 수 없는 등피燈皮를 가졌다

까칠한 몸에서 푸른 물이 묻어난다 해도

오랫동안 압축된 바람의 그림자 곁을 지나갔다

밤마다 부서지는 잠의 문고리를 잡고 버터낸

골 깊은 상처조차 등굽은 수행으로 견뎌낸 과거도

바람과 바람사이를 드나들던 세상에서도

눈먼 반복의 기나긴 여행을 위해

차곡차곡 내부에 챙겨둔 시간을 묻지 않는다

그를 바라보면 오래 전 막막하던 삶이

늠름한 기상으로 우직히 버티고 있었던 때가 생각난다

비바람에 터지고 갈라져 굳은 살 박힌 몸에

식솔들의 둥지를 키워내다 돌아가신 친정 아버지 닮은

낙관이 찍힌 세월의 흔적을 어린 심장 안으로 밀어 넣는다

따뜻했던 날의 온기가 몸 안에 서서히 퍼진다

낮거나 작거나 푸른 지붕은 또 다른 나의 아버지다

「해송, 푸른 지붕 밑」전문

　　박혜숙 시인의 시에는 아버지가 자주 등장한다. 위 시 제목에서 '푸른 지붕 밑'은 식솔들을 키워내는 '늠름한 기상'으로 버티고 서 계실 때의 아버지의 모습을 상징하고 있다. '낙관이 찍힌 세월의 흔적을 어린 심장 안으로 밀어넣는다'고 전언하므로써 어린 시절

일찍 돌아가신 아버지에 대한 그리움이 시인의 무의식 속에 자리잡고 있다. 시인은 '따뜻했던 날을 호명하면서 낮거나 작거나 푸른 지붕은 또 다른 나의 아버지다'라고 고백하면서 그리움의 대상인 아버지를 자연물을 비유하여 재해석하므로서 어린 날의 상처를 치유하고 있다.

빈 공간 속에 과거가 있다는 걸 알려주었지

여전히 몸에 붙이고 있는 화려한 스티커

지난 날 내 안의 풍요를 읽어 내면

입 안에서 터지던 농도 100% 과즙에

어디에서든 목마른 갈증을 덜어내곤 했지

모두 다 내어주고 아무렇게 버려져

속살까지 내보이며 발길에 채여

이리저리 구르는 빈병의 내력을 듣다 보면

내 몸 안에 머물던 식물의 나라 보나

용광로에서 김을 피워 올리던 때가 기억나곤 해

누구나 버려져 흔적 없이 사라질 테지만

빛이 네 안을 관통 할 때 마다 잘게 부서져

똑같은 공장 라인에 누워 빈혈을 앓다보면

내 몸에 또 다른 스티커를 붙이게 되지

병뚜껑을 열면 차갑게 피워 오르는 입김

내 몸 안에 차가운 냉기가 돌때면

잎을 내고 무르익다 바람에 떨어져

거리에서 뒹굴던 낙엽이 생각나곤 하지

다시 거듭난다는 것은 자랑할 만한 일이야

모든 바퀴의 힘은 앞으로 내달리게 하잖아

「유리병」전문

　　박혜숙 시인은 사물을 들여다보는 눈이 예리하다. 유리병의 빈 공간 속에서 과거를 찾아내는 시각이 남다르다. 지금은 빈병이지만 '화려한 스티커'로 과거의 역할을 감지해 낸다. 비록 지금은 '아무렇게나 버려져' 있지만 유리병의 과거는 누군가의 목마름을 해갈시키는 풍요로움으로 시인은 진술하고 있다. 그러나 거기서 그치지 않고 처음 유리병이 만들어 질 때까지 거슬러 올라가는 시인의 사물에 대한 깊은 천착이 놀랍다. 뿐만 아니라 버려진 것이 영원히 버려진 것이 아니라 또다른 유리병으로 '다시 거듭난다' 유리병의 새로운 운명까지도 내다보고 있다. 시인은 하찮은 유리병에까지 생명을 불어넣어 역동적인 풍경을 연출해 내고 있다. 시란 사물의 겉이 아니라 깊은 속살까지 읽어내는 데서부터 시작된다. 박혜숙 시인의 시에 나

오는 바퀴는 새로운 생명력으로 읽힌다. 그런 의미에
서 박혜숙 시인은 사상의 표출보다 직관의 힘을 통해
시를 쓰는 근래에 보기드문 시인이다.

책마루 시선집 04

기둥의 구조

박혜숙 지음

발행처 · 도서출판 **책마루**

발행인 · 박영봉
편집고문 · 김가배
편집 · 김성배 | 박혜숙

등록 · 2009년 1월 2일 제389-2009-000001호

2012년 11월 20일 초판 1쇄 발행
공급처 · 가나북스(☎031-408-8811)

주소 422-240 경기도 부천시 소사구 심곡본동 539-9 (3층)
대표전화 070-8774-3777
010-2211-8361
팩스 032-652-7550

http://cafe.daum.net/chaekmaru
E-mail · seepos@hanmail.net
ISBN · 978-89-97515-05-9 (03800)